1912 Juin 21

VENTE DU VENDREDI 21 JUIN 1912

HOTEL DROUOT, Salle N° 10, à 3 heures et demie

Deux Précieux Livres

Illustrés de huit Dessins par F. BOUCHER

pour la Marquise de Pompadour

MANUSCRIT ET ÉCRIN

aux Armes de la Reine Marie-Antoinette

COMMISSAIRE-PRISEUR

Me GEORGES ALBINET, *Successeur de son Père*

EXPERTS

MM. PAULME ET B. LASQUIN FILS

PARIS, JUIN 1912

CATALOGUE

DES

DEUX PRÉCIEUX LIVRES

Illustrés de huit Dessins par F. BOUCHER

pour la Marquise de Pompadour

MANUSCRIT ET ÉCRIN

Aux Armes de la Reine Marie-Antoinette

DONT LA VENTE AUX ENCHÈRES PUBLIQUES AURA LIEU

HOTEL DROUOT, SALLE N° 10

LE VENDREDI 21 JUIN 1912

à 3 heures 1/2 précises

PAR LE MINISTÈRE DE

Me GEORGES ALBINET, COMMISSAIRE-PRISEUR, *Succr de son Père*

rue Taitbout, 83

ASSISTÉ DE

MM. PAULME ET B. LASQUIN FILS

10, rue Chauchat | EXPERTS | rue Grange-Batelière, 11

EXPOSITIONS PUBLIQUES

Le Jeudi 20 Juin 1912, de 2 heures à 6 heures

Le Vendredi 21 Juin 1912, avant la vente, de 2 h. à 3 h. 1/2

CONDITIONS DE LA VENTE

Elle sera faite au comptant.

Les adjudicataires paieront *dix pour cent* en sus des enchères.

Nota. — Les amateurs pourront visiter et examiner les objets dans la matinée du **Vendredi 21 Juin, de 9 heures à 11 heures,** dans la Salle de vente.

Paris. — Imp. de l'Art, Ch. Berger, 41, rue de la Victoire.

Office de la Vierge, aux armes de la Marquise de Pompadour

illustré de huit dessins de Boucher

DÉSIGNATION

1 — **Office de la Sainte-Vierge** pour tous les jours de la semaine. Paris, Imprimerie royale, 1757, 2 vol. in-12. Mar. bleu, tr. dor. (Rel. anc. par Derôme).

Cet exemplaire sur grand papier est illustré de huit dessins originaux par François Boucher, exécutés à la plume et au lavis d'encre de Chine : Le tome premier contient un frontispice et quatre vignettes, le second trois vignettes, c'est-à-dire le frontispice et un dessin pour chacun des jours de la semaine.

TOME PREMIER. — FRONTISPICE.

Il présente une tour, au centre d'une gloire, portée par des nuages : à la base, une branche de roses et une branche de lis, liées par une banderole sur laquelle on lit : *Turris eburnea*. Emergeant de nuages, des têtes de chérubins.

Dessin signé en bas à gauche : *F. Boucher*.

Haut., 107 millim.; larg., 62 millim.

DIMANCHE. — *La Conception.*

La Vierge Marie, dont la tête est entourée d'un nimbe d'étoiles au centre d'une gloire, est soutenue par un ange, assise sur des nuées et écrase de son pied la tête du serpent symbolisant Satan ; des têtes de chérubins complètent la composition.

Dessin signé en bas à gauche : *F. Boucher.*

Haut., 104 millim.; larg., 60 millim.

LUNDI. — *La Nativité* (de la Vierge).

Au premier plan, un groupe de quatre femmes dont l'une tient un enfant nouveau-né qu'elle s'apprête à baigner dans un bassin qu'une servante emplit en vidant le contenu d'une aiguière. A l'arrière-plan, dans une alcôve, la jeune mère est couchée ; près de son lit, une servante debout.

Dessin signé en bas à gauche : *F. Boucher.*

Haut., 108 millim.; larg., 62 millim.

MARDI. — *La Présentation.*

Dans l'intérieur du Temple, le grand-prêtre debout, tenant d'une main, sur l'autel, les Tables de la loi, bénit de l'autre un enfant qu'accompagne sa mère ; à droite, une suivante porte la corbeille des présents, de laquelle s'échappe une colombe ; au centre de nuées, trois têtes de chérubins.

Dessin signé en bas vers la droite : *F. Boucher.*

Haut., 106 millim.; larg., 60 millim.

OFFICE DE LA VIERGE

Dessiné par F. Boucher

FRONTISPICE

DIMANCHE. — *La Conception.*

LUNDI. — *La Nativité.*

MARDI. — *La Présentation.*

MERCREDI. — *L'Annonciation.*

La Vierge, agenouillée, les mains croisées dans l'attitude de la prière et de la surprise, écoute la voix de l'ange lui annonçant qu'elle sera la mère du Rédempteur. Au-dessus de l'ange, la colombe symbolisant l'Esprit-Saint.

Dessin par *F. Boucher*, non signé.

Haut., 104 millim.; larg., 60 millim.

TOME SECOND. — JEUDI. — *La Visitation.*

La scène représente sainte Anne, la Vierge Marie et saint Joseph ; au fond, des personnages assistent à l'entrevue ; sur des nuées, des chérubins.

Dessin signé en bas à gauche : *F. Boucher.*

Haut., 106 millim.; larg., 60 millim.

VENDREDI. — *La Purification.*

La Vierge est agenouillée au pied de l'autel, le grand-prêtre l'accueille et la bénit ; à gauche, un personnage tenant la corbeille des offrandes ; à droite, un brûle-parfum ; dans le ciel, des chérubins.

Dessin par *F. Boucher*, non signé.

Haut., 103 millim.; larg., 60 millim.

SAMEDI. — *L'Assomption.*

La Vierge s'élève vers le ciel, reposant sur une nuée que soutiennent un ange et des chérubins. Des hommes entourent le sépulcre ouvert.

Dessin signé en bas vers la droite : *F. Boucher.*

Haut., 104 millim.; larg., 62 millim.

Il est à remarquer que ce dernier dessin offre une très grande analogie avec le dessin du même artiste, représentant également l'Assomption de la Vierge et publié vingt ans auparavant dans le *Bréviaire de Paris* (*1736*), de l'archevêque Vintimille.

Au verso du feuillet de la table des offices du tome premier, on lit, manuscrite, cette indication : « *Ces deux volumes sont un présent de Louis Quinze à la Marquise de Pompadour. Cet exemplaire est le seul tiré sur grand papier. Les neuf* (sic) *dessins dont il est orné sont du célèbre Boucher, et sont signés de lui. La relieure* (sic) *est de Derôme* ». Cette inscription contient une erreur puisqu'il n'y a jamais eu que huit dessins au lieu de neuf, et parmi ces huit dessins, deux ne sont pas signés.

La reliure de Derôme, en maroquin bleu, est aux armes de la Marquise de Pompadour, frappées sur chacun des plats, ornés aussi d'un fleuron dans chaque angle et de trois filets. Les plats sont doublés intérieurement de maroquin rouge décoré aux petits fers de fleurons ; le dos est également orné, et les gardes sont de papier doré. Chacun des deux volumes est enrichi de deux fermoirs en or ajouré et ciselé.

Haut., 157 millim.; larg., 95 millim.

Cet exemplaire unique faisait partie de la bibliothèque de la Favorite et figure au cata-

Office de la Vierge

Dessins par F. Boucher

Mercredi. — *L'Annonciation.*

Jeudi. — *La Visitation*

Vendredi. — *La Purification*

Samedi. — *L'Assomption.*

logue de sa vente après son décès, sous la désignation suivante :

« Office de la Vierge pour tous les jours de la semaine. Paris, Impr. royale, 1757, 2 vol. in-12, mar. bleu, avec fermoirs d'or. Huit dessins à l'encre de Chine par Boucher ». Adjugé 253 livres 19 sous.

« Boucher était doué d'une facilité surprenante et c'est à peine âgé de vingt ans qu'il remportait le grand prix de l'Académie de peinture (1723). A son retour d'Italie, il fallut songer à vivre : aussi le futur peintre des charmes féminins fut-il heureux de faire de commande des dessins et des gravures de sainteté, entre autres les frontispices d'un Bréviaire parisien (1736) qui fit assez de bruit et suscita de violentes critiques. Il illustra vers la même époque l'édition des œuvres de Molière, de Bret (1734), illustration magistrale qui a été fort critiquée et qui est peut-être ce qui a été fait de mieux comme expression et comme costumes pour les œuvres de notre grand écrivain dramatique. Boucher a fait, au milieu de ses nombreux travaux, un grand nombre de dessins pour les livres : il a peint ou dessiné plusieurs des pièces des Contes de La Fontaine ; des frontispices et des fleurons pour les opéras-comiques de Favart, pour les œuvres de Crébillon, Boccace, Meunier de Querlon, Piron, Ovide... Un tel artiste était fait pour être apprécié et compris d'une femme comme Mme de Pompadour. Ils étaient nés pour se compléter l'un l'autre et le souvenir de la favorite évoque aussitôt celui de son peintre favori. Il fut son professeur, elle devint son élève... Mme de Pompadour aimait les livres et comprenait combien des dessins, et surtout des dessins de maître, insérés entre leurs feuilles en rehaussent la valeur et l'intérêt. On retrouve dans le catalogue de sa bibliothèque plusieurs ouvrages de piété ornés par Boucher de sujets religieux. Comme cet accouplement sent bien son siècle : Boucher faisant le dessin d'un *Office de la Vierge* et des *Confessions de saint Augustin* pour Mme de Pompadour ! »

(Les Dessinateurs d'illustrations au XVIIIe siècle, par le Baron Roger Portalis, 1re partie, page 27 et suivantes).

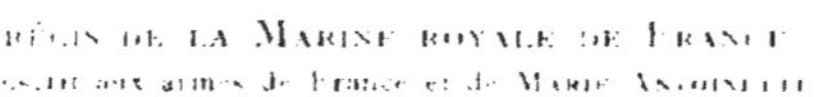

Précis de la Marine royale de France
Maroquin aux armes de France et de Marie-Antoinette

MANUSCRIT DU XVIIIe SIÈCLE

2 — **Précis historique de la Marine de France** depuis le commencement de la Monarchie jusques à nos jours, par M. PONCET DE LA GRAVE, Procureur-général de l'Amirauté de France à Paris. 1776.

Il est divisé en quatre époques :

La première, depuis la Navigation des Gaulois jusques à Charlemagne.

La seconde, depuis Charlemagne jusques aux Croisades.

La troisième, depuis les Croisades jusques à Louis XIV.

La quatrième, depuis Louis XIV jusques à Louis XVI.

Manuscrit in-12 sur papier en caractères romains et italiques en rouge et noir, comprenant, outre quelques feuillets blancs au commencement et à la fin du volume :

Un faux-titre.

Un titre avec fleuron dessiné aux armes de France.

Un feuillet d'envoi au Roi, avec signature autographe de l'auteur.

Une préface de cinq pages avec en-tête et lettre ornée.

Au verso du troisième feuillet de préface, un nouveau faux-titre avec autre fleuron aux armes de France.

Un frontispice dessiné à la plume et signé : *j. Ft. fec. 1777*, représentant dans un médaillon ornementé : Théodoric ou Thierry, premier du nom, quinzième roi de France, en 679, avec cette légende au-dessous : *Tiré de l'abbaye de Saint-Wast, en Arras, qu'il fonda où il est inhumé.*

394 pages de texte réglé.

Un alphabet ou explication par ordre alphabétique des Termes de marine dont on s'est servi dans le cours de cet ouvrage. Il comprend 22 pages.

A la page 206 se trouve dessinée une médaille représentant Louis XIV avec cette inscription en exergue : *LUD. MAG. RELIGIONIS ASSERTOR ET VINDEX. MDCLXXXV; signée : J. S. Ft fecit cal.* Elle est recouverte d'un petit feuillet de texte avec sujet maritime dessiné à la plume.

Le feuillet suivant 207-208 a été relié à l'envers. A la dernière page avant l'alphabet est dessiné un curieux cul-de-lampe représentant un arbuste formant perchoir sur lequel sont posés huit perroquets. A la partie supérieure, une fleur de lis couronnée.

Ce précieux manuscrit est relié en maroquin vert, le dos orné d'un semis d'ancres marines avec compartiment pour le titre : *Marine royal de France.* Les plats *aux armes de France* sont doublés de maroquin rouge aux *armes de la reine Marie-Antoinette* avec petite bordure à fleurons et filets ; les feuillets de gardes doublés de moire rouge.

Haut., 17 cent. 1/2 ; larg., 11 cent. 1/2.

Le Petit Armand, par le Chev. Des Fosses.

Boîte servant au livre, aux armes de Marie Antoinette

3 — **Écrin** en forme de livre ayant appartenu à Marie-Antoinette, à ses armes.

Cet écrin offrant la forme d'un livre, de format petit in-4°, ouvrant à l'italienne, renferme un petit pastel de forme rectangulaire dans un encadrement doré, représentant dans un parc le portrait d'un jeune garçon jouant de la guitare, un petit chien loulou de Poméranie auprès de lui. Ce portrait est celui du petit ***Armand***, enfant de paysans, que la reine avait pris en affection. L'auteur de ce petit pastel est le Chevalier des Fossés, officier d'artillerie, le même qui avait peint, également au pastel, et offert à la Reine, un tableau représentant : ***la Reine annonçant à Madame de Bellegarde, des juges et la liberté de son mari***. Sujet reproduit par la gravure de Duclos.

Au revers de l'un des plats, dans un double médaillon de laurier et de roses, est calligraphiée sur soie blanche l'inscription suivante :

Par
l'Amateur
qui a peint
La Reine
annonçant à Mde
de Bellegarde.
La Liberté
de son mari
Événement
arrivé
le 3 Mai 1777.

Au revers de l'autre plat, on lit, également calligraphié

sur soie, un morceau de musique à trois parties : chant, guitare et clavecin, dont nous reproduisons les paroles :

LA VÉRITÉ DANS LA BOUCHE DE L'ENFANT

Paroles du Petit ARMAND

I

Déjà le Destin propice
M'a comblé de ses faveurs,
Je n'ai pour charmer les cœurs,
Qu'à nommer ma Bienfaitrice.

II

C'est le parfait assemblage
De l'Esprit, de la Beauté,
Des Vertus, de la Bonté,
L'Univers lui rend hommage.

III

A tout moment j'entends dire
Qu'on la chérira toujours,
Et que les plus heureux jours
S'écoulent sous son Empire.

IV

Loin de m'attirer l'envie
Ses Bienfaits me font aimer.
Apprendre à les mériter
Sera l'emploi de ma vie.

V

Sous ce secret aimé de votre modestie,
Rien ne peut la blesser puisque c'est vérité ;
Mais si de la montrer il vous prenait envie,
Je n'en suis pas l'Auteur, les cœurs m'ont tout dicté.

Et au-dessous :

Fait en Mars 1778 par le Chr des Fossés, Offic' d'Artillerie, auteur du portrait ci-joint et du tableau concernant Made de Bellegarde.

Pour protéger le portrait, est un petit coussin de soie peinte, bordé d'un galon d'or et orné aux angles de petits nœuds de ruban. Sur l'une des faces sont peintes en couleur les Armes de la reine Marie-Antoinette, enguirlandées de roses avec encadrement de filets d'or et fleurs de lis aux angles. Sur l'autre face est encore calligraphiée l'inscription suivante :

J'emploai (sic) *les secrets d'Apelle*
A célébrer vos traits de sensibilité,
Sans aucun intérêt que de suivre mon zèle
Et plaire à votre Majesté :
Heureux ! si mes pinceaux, en fêtant l'Innocence,
Ont scu (sic) *vous faire agréer mon désir*
Et pour toute ma récompense,
Me donnent place en votre souvenir !

Par l'Officier d'Artillerie auteur du Tableau qu'il a déposé dans l'Appartement de votre Majesté le 31 Janvier 1778 et où elle est représentée annonçant à M[de] de Bellegarde la liberté de son Mari.

La Reliure en maroquin rouge offre au centre de chacun des plats les *armes de la Reine Marie-Antoinette.* Encadrement fait de trois filets avec large fleur de lis aux angles. Fermoir avec serrure, en cuivre gravé et doré en forme de fleur de lis. Le dos est orné de compartiments à fleurons et fleurs de lis, dont l'un porte l'inscription : *Almanach des Grâces.*

Haut., 18 cent.; larg., 23 cent.

Il est renfermé dans son ancienne gaine en cuir fermant à trois boutons et boutonnières.

RED. :

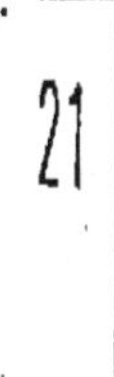
21

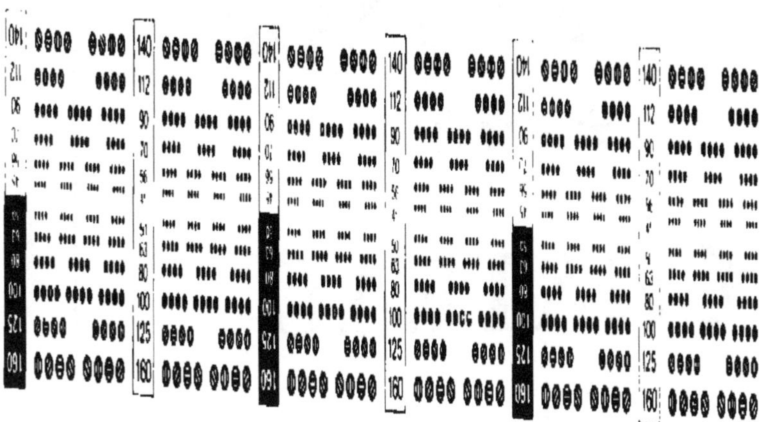

0 1 2 3 4 5 6 7 8 9 10

www.ingramcontent.com/pod-product-compliance
Ingram Content Group UK Ltd.
Pitfield, Milton Keynes, MK11 3LW, UK
UKHW021031260726
13994UKWH00005B/2078